種下一棵吉祥樹

管家琪◎著 林傳宗◎圖

欣賞童話，培養品德

　　這一套書，「品德童話」系列，是為少年讀者編寫的文學讀物。這個系列的特色，是每一本書都有一篇童話。這一篇童話吸引讀者的是它本身的趣味，但是其中的情節和角色的行為，都能散發出一種品德的光輝，期待著每一個少年讀者都能因為受到文學的薰陶，自自然然的「體會到」什麼是品德、自自然然的「看到」品德的實踐。

　　近年來，品德教育越來越受到家長和教師的重視，原因是我們發現我們的孩子並不生活在一個幸福的安全的社會裡。為了孩子的幸福和安全，我們需要創造一個新社會。這個新社會的出現，除了要靠大人對品德的堅持和實踐、示範以外，孩子的品德教育也很重要，而且是關心得越早越好。鼓勵少年讀者閱讀「品德童話」，就是一種實踐。

兒童文學作家管家琪女士，受邀撰寫「品德童話」系列。她是一位優秀的童話作家，屢次以她的童話作品獲獎或獲得表揚。她寫作勤奮，作品在整個華文世界裡廣受少年讀者的歡迎。在大陸，在香港，在馬來西亞，都有她的讀者。她自稱她為「品德童話」系列所寫的童話，是一種「品德童話」，說明了她這一次是以「品德」為主題而寫的童話。

　　管家琪富有幽默感，所寫的童話常常令人讀來莞爾。她對於情節的安排，常常出人意料。她能在故事中技巧的運用趣味對話。那些對話對讀者都很重要，情節的變化常常就藏在對話裡。她的童話有一個永恆的主題，那就是「趣味」。這趣味，對少年讀者有很大的吸引力。

　　一九〇九年，諾貝爾文學獎的得主「拉格勒芙」（Lagerlöf,1858-1940）。她是瑞典人，以早期的小說、詩歌創作受人推薦而得獎。其實她在得獎以前，因為寫了長篇童話《騎鵝旅行記》，早就是瑞典全國家喻戶曉的作家。當時的情形是，有一位小學校長，邀請她寫一本故事，希望能讓孩子們「在

欣賞之餘」，還能對祖國瑞典的歷史地理有所認識。拉格勒芙接受邀約以後，走遍瑞典全國，訪問各地居民，需要的材料都有了，只是遲遲無法動筆，因為她在等待一個「故事」。

　　她一直等待到腦中的《騎鵝旅行記》趣味故事構思成熟，才開始下筆去寫。這篇很能吸引孩子的長篇童話，果然也能讓瑞典的孩子「在欣賞之餘」，對瑞典的歷史地理有所認識，不但達成了原先設定的目標，同時也成為兒童文學世界裡的一部名著。

　　對於管家琪的「品德童話」，我們也懷著同樣的期待，因為她是一位會寫童話的人。她的童話，一定也會使孩子在欣賞之餘，同時還能受到美德的薰陶。

知名兒童文學作家

孝是一種最質樸的情感／管家琪

有很多傳統的價值觀，不管時代如何演變，都不會抹殺或減損它的價值。

譬如，「百善孝為先」這句話，雖然是一句古老的說法，可是放在今天依然有其一定的道理。

「孝」是一個人品德的基礎。一個對父母不孝的人，我們實在很難想像他能是一個多好的人，而一個孝順的人，似乎很自然地就會讓人感覺他是一個敦厚的人，而一個敦厚的人，往往也會是一個誠懇、踏實，有責任感，循規蹈矩的人。

或許就是因為「孝」能夠讓人產生很多美德的聯想，很多人才會如此注

重「孝」的「表演」；就是說，希望藉由種種刻意做出來的作為，讓別人認為自己是一個孝子（或孝女），進而相信自己是一個值得信賴的好人。

像這樣的孝，其實都摻雜了很多雜質在裡頭。

生活中，像這樣的例子實在不勝枚舉。

比方說，選擇性的孝。有的人平常對父母根本漠不關心，到了有需要的時候，希望塑造自己孝子（或孝女）良好形象的時候，就趕緊把父母搬出來，在媒體面前大演一番肉麻兮兮的親情倫理劇。像這樣的人，父母對他來說，就像道具。

功利性的孝。有的人長期以來都對父母不聞不問，等到父母臥病在床，才突然跑回來表現孝道，其實多半無非都是衝著父母身後的遺產而來；又比

如現在很多年輕的一輩，總是強烈干涉喪偶老人的婚姻問題，表面上說得好聽是為長輩著想，骨子裡根本是一種不容外人來「瓜分」家產的心態，說穿了其實也是為了自己的利益著想。

還有些人，當父母健在的時候，對父母非常冷漠，根本不盡贍養義務（無論是經濟上或精神上），可是在父母過世以後，卻捨得花大錢為父母造墳，博「孝子」的美名，其實這哪裡是真的在盡孝？還不是衝著「先人祖墳修得好，後人將會比較發達」的風水之說，實際上他真正關心的是希望如此一來，能夠保證讓自己以及自己的子孫飛黃騰達罷了。

凡此種種，以「孝」之名所做的許多作為，實在不能說是一種真正的孝。

真正的孝，應該是一種最質樸的情感，不應該拿來表演，也不應該拿來比賽。所有萬物，在剛剛來到這個世界的時候，總有那麼一段時間是弱小無助，需要父母的保護，才可能存活，但是萬物之中，只有人類父母是最辛苦的，照顧下一代的時間最長，所以當我們有能力的時候，自然應該要回報父母。所謂的回報，不見得一定要花大錢，關鍵是要有一份不摻任何雜質、沒有任何功利色彩的真心，這可比什麼都重要。

　　當然，為人父母若不希望將來會遭到選擇性的孝、功利性的孝這樣的待遇，在孩子小的時候，也應該以身作則不要有選擇性的愛、功利性的愛，不能非要孩子表現優秀才願意愛他，或者常常以「孝」之名，說些「如果你孝順，你就如何如何」之類的話，甚至強迫孩子去做一些他們不願去做的事。

盡量順著父母就是孝／管家琪

　　小朋友，你們有沒有注意過，「老」、「孝」、「子」這三個字之間，有一種十分緊密的關係？

　　你看，如果把「老」字的下半部去掉，再把「子」裝進去，不就成了「孝」這個字嗎？

　　「老」者（也就是我們的父母），是需要我們做子女的來照顧的；當他們走不動的時候，我們要背負著他們，不嫌他們麻煩，不嫌他們沉重，就像「孝」這個字一樣，是「子」在背著「老」的，總之，我們每個人都有奉養雙親的義務，這就是「孝」。

　　但是，當然不是非要等到父母年老的時候，我們才能來表現孝道；在父

母還很健康的時候，在他們還沒老得那麼厲害的時候，我們該怎麼樣來表現「孝」呢？

我們不妨來想想看，和「孝」有關的最常用的一個詞是什麼？

應該就是「孝順」吧。

為什麼我們總會說「孝順」，總是把「孝」和「順」這兩個字連在一起呢？大概就是因為「盡量順著父母的心意」正是一種孝的表現吧。

「孝順」這個詞是動詞，所以孝順不能只是放在嘴巴上，應該經常用行動來表現。

孝順還應該及時，要趁眼前父母還健在，還在我們身邊的時候，經常表達。否則，「天有不測風雲，人有旦夕禍福」，萬一有一天，父母突然離我

們而去，我們想要表達孝心也沒機會了，這就是「子欲養而親不待」的悲哀，這種悲哀是非常深沉的，是一種終生難以彌補的遺憾。

　　不過，我們雖然應該孝順，應該盡量順著父母的心意，但是等你們慢慢長大，你們也會慢慢懂得，有的時候，如果我們對父母的要求什麼都聽，完全百依百順，絲毫沒有任何判斷，那也要小心可不要變成了「愚孝」。

在畫畫創作的過程中／林傳宗

　　繼《啊尼，加油！》之後，我為幼獅公司再繪製了這本《種下一棵吉祥樹》的圖文書。這本書以森林動物為故事主角，講述一個關於孝道的故事。

　　畫畫創作的過程中，在人物造形的設計上，我採用一貫可愛逗趣的風格，搭配了對比鮮豔明亮的色彩，並以模擬粉彩的筆觸，試圖帶給讀者一種溫馨、愉悅的視覺效果。

　　那棵能結出溫馨李、甜蜜瓜、幸福桃、幸運梅、富貴棗、長壽果以及青春豆……七種果實的吉祥樹，希望大家喜歡。

繪者小檔案

家住基隆。從小就喜歡塗鴉、畫畫。長大後畫畫成了工作，也是興趣，真是快樂幸福的感覺。因為不用每日早起在車陣中趕著上班。

畫圖是我最喜歡的事，可以用一張張想像的畫面表達文字內容，完成一本本的繪本，真是快樂。

我兒子看我常常在畫畫，他也很喜歡畫畫，這張「自畫像」就是他完成的。

http://tw.myblog.yahoo.com/mac-tree/

角色圖

小狐狸

小灰狼

食蟻獸大伯

食蟻獸先生

狐狸先生

灰狼先生

長頸鹿先生

狐狸太太

灰狼太太

河馬先生

森林就在前方，快要到家了。

小灰狼的心裡感到一種迫不及待的興奮。

「嘿嘿，大家馬上就會看到我真的找到了吉祥樹，一定都會很佩服我，爸爸一定會很高興的。」小灰狼的心裡喜孜孜地想著，腳下的步伐不知不覺地又加快了一些……

其實，小灰狼知道在這個世界上居然會有吉祥樹的存在，也不過是半個月以前的事。

那天，已經好久沒有出現的食蟻獸一來到森林，就引起了一陣小小的騷動。

　　大家一邊在食蟻獸的攤位前翻翻撿撿，一

邊關心地問道：「你這段時間都上哪裡去了？怎麼好久都

不來了？」

　　「呃——最近比較忙。」

食蟻獸支支吾吾地敷衍道。

食蟻獸是一個四海為家的小販，每隔一段時間就會來森林擺攤，展示一些稀奇古怪的東西。稀奇古怪，是的，這就是食蟻獸對自己的商品一向引以為豪的特色。他賣的都不是普通的日用品，而是都會增加一些稀奇古怪的功能，比方說，那把可以一邊刷毛、一邊染色、一邊定型的髮梳，就得到松鼠小姐極大的讚賞；那捆又可以用來捆綁東西、又可以攀爬、還可以彈跳的樹藤，也很受到猴子家族的喜愛。長久以來，大家只要一看到食蟻獸來了，都會很快地圍攏過來，興致勃勃地挖寶。

但是，定時就會出現的食蟻獸有好長一段時間沒來了。這是因為在他上一次來的時候，和森林裡的兩個伙伴——灰狼先生和狐狸先生——

發生了一點點的不愉快。

　　那天，大夥兒像往常一樣在食蟻獸的

攤位前尋寶，灰狼先生突然嘀咕道：「好像沒

什麼新東西嘛。」

　　他是被老婆強迫抓來陪著尋寶的，但是他自己對於

這樣的尋寶根本沒有什麼興趣，不免就發起了牢騷。

　　可是，長頸鹿先生、河馬先生、斑馬先生和狐狸先

生聽到了之後，都紛紛熱烈響應道：「就是嘛，根本沒

有什麼新玩意兒，看來看去還不都是那一套，眞搞不懂

有什麼好逛的……」

食蟻獸聽到這些先生們的抱怨，非常惱火，很不高興地說：「你們以為新商品有那麼好開發、那麼好找啊？經常我明明知道有新東西，可就是找不到貨源啊。」

灰狼先生說：「咦，你朝我們發什麼火？誰教你自己的招牌上要寫著『稀奇古怪』這四個大字？」

灰狼先生的鄰居──狐狸先生──也跟進道：「一點也不錯，誰教你自己這麼有把握，敢宣稱自己的東西都是稀奇古怪的呢，我看這個世界上恐怕也沒有那麼多稀奇古怪的東西了吧！」

「不，還有，」食蟻獸說：「老實說，我最近一直在等吉祥樹的樹苗上市，已經等了很久了。」

「什麼樹？」在場所有的人都異口同聲地問道，因為大家都沒有聽清楚，當然這其實也是因為他們都沒有聽說過。

「吉祥樹，」食蟻獸又說了一遍：「就是『吉祥如意』的『吉祥』，聽說樹上會結一種特別的果子，只要在自家庭院種下一棵吉祥樹，做長輩的就會一輩子吉祥如意，所以這種樹又稱為『孝子樹』，最好是由做子女的為父母來種下吉祥樹，就更有意義，更吉祥。」

聽了食蟻獸這番描述，在場只要是做了爸爸媽媽的人都滿有興趣，紛紛問道：「你什麼時候會開始賣這種『吉祥樹』的樹苗呢？」

「我盡量快一點吧。」食蟻獸的口氣裡明顯地透出沒有把握。

這時，灰狼先生又說話了。「我看就別為難他了吧，你們沒聽他剛才都只是說『聽說』嗎？到底有沒有這種吉祥樹恐怕都還不一定呢。」

這麼一來，食蟻獸真的很不高興。他覺得

灰狼先生簡直是嚴重侮辱了自己的專業形象。

食蟻獸拍拍胸脯保證道：「好，我下次來的時候，一定會開始供應吉祥樹的樹苗！」

這就是接下來食蟻獸失蹤了那麼久的原因。

其實，雖然食蟻獸當時信誓旦旦，大夥兒並沒有很當真，很快地也就把他說過的話給忘了，只覺得他那麼久不來，使森林生活少了一大樂趣。

當食蟻獸終於又出現的時候，大夥兒——特別是女士們——都很高興，馬上又像從前那樣統統圍攏了過來。

就在食蟻獸暗自慶幸大家好像都已經忘記了自己上一次的豪言壯語的時候，兩個殺風景的人過來了。那就是灰狼先生和狐狸先生。

灰狼先生說：「喲，失蹤了這麼久，終於出現啦，吉祥樹的樹苗呢？」

狐狸先生也說：「就是啊，先趕快讓我看一眼，我實在很好奇，待會兒我再讓我們家小狐狸來買，我記得你說過最好是由做子女的買來種下會更好，對吧！」

食蟻獸覺得這兩個傢伙實在是太討厭了，怎麼專門哪壺不開提哪壺

啊！

　　可是，沒辦法，就算在心裡有多麼地咬牙切齒，食蟻獸還是只得硬著頭皮承認道：「對不起，吉祥樹的樹苗還沒有找到。」

　　「喔，還沒有喔──」灰狼先生和狐狸先生同時應道，最後那個「喔」還拖得好長，聽得食蟻獸真是難受死了。

　　「不過，至少我知道要到哪裡去找吉祥樹的樹苗。」食蟻獸趕緊說；他可不想讓這兩個傢伙誤以為「吉祥樹」是自己捏造出來的。

　　「在哪裡？」灰狼先生問。

　　「在好漢峰。」

好漢峰就在森林的正南方，非常陡峭，除非是攀岩好手，否則一般人很難上得去。

食蟻獸不想在這兩個討厭鬼面前承認自己怕高，更別提自己對攀岩一竅不通，於是立刻充滿防衛性地說：「你們又不是不知道那個鬼地方有多難上去，不相信的話，你們自己上去找啊！看誰能夠第一個把吉祥樹的樹苗帶下來！」

當天晚上，灰狼先生和狐狸先生都不約而同地關起門來，神祕兮兮地對兒子下達了一個命令：「我要你去好漢峰，替我把吉祥樹的樹苗給找回來，讓大家看看還是我們家最棒！」

於是，第二天一早，小灰狼就出發了。

　　小灰狼辛辛苦苦地來到好漢峰的山腳下，再辛辛苦苦地爬上去，上去之後，一眼就看到前方有一片苗圃，整整齊齊地種植了一排又一排的樹苗，在苗圃的旁邊還豎了一塊牌子。

　　「這些會不會就是吉祥樹的樹苗？」雖然不大敢相信事情能夠這麼順利，小灰狼還是心跳加速，趕快衝過去。

　　一衝到那塊苗圃的前面，小灰狼看看那些樹苗，看不出有什麼特別

的，就跟一般的樹苗差不多，不過，再看看旁邊那塊牌子，他馬上興奮地跳起來。

牌子上清清楚楚地寫著：「吉祥樹樹苗一號苗圃，溫馨李。」

「這個意思大概就是說，吉祥樹將來會結一種叫作『溫馨李』的李子？爸爸說過吉祥樹會結一種特別的果實的。哈哈，太好啦，太順利啦，眞沒想到這麼快就被我給找到啦！」小灰狼眞是開心死了。

放眼望去，看不到半個管理或看守的人。

奇怪，怎麼這附近一個人都沒有？那要教他跟誰來買吉祥樹的樹苗？

小灰狼想耐著性子等了一下，可是才

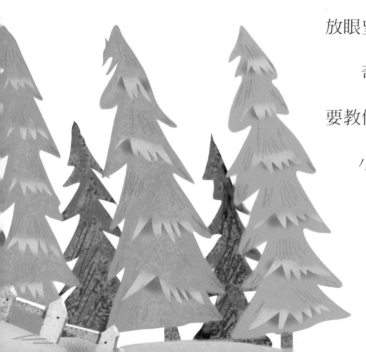

等了一會兒就沒耐心了。

　　「算了，這大概就是表示老天爺要免費送我吧，哈哈，那我就不客氣啦。」主意打定，小灰狼就挑了一棵看起來最漂亮的樹苗，小心地挖起來，把它裝好，然後匆匆忙忙地循原路下去。

　　就算小灰狼是攀岩好手，在很短的時間之內先爬上好漢峰，又從好漢峰退回到地面，仍然是一件非常累人的事。當小灰狼回到下面的時候，已經手腳發軟，幾乎再也動不了啦。

他累得倒頭就睡，足足睡了一天一夜，才總算恢復了元氣。小灰狼趕緊跳起來，趕緊回家。

他之所以這麼急，並不僅僅只是想趕快把吉祥樹的樹苗種回到泥土裡，保證吉祥樹的成活，等它長大後，才能讓爸爸媽媽吃到會備感溫馨的溫馨李，更重要的是，他即將成為第一個找到吉祥樹樹苗的人，他想趕快回去接受大家的讚美！

◆　　◆　　◆

一路上，小灰狼的心裡就一直在想：「等大家看到我真的帶回了吉祥樹的樹苗，一定都會很佩服我，爸爸一定會很高興的……」

除了這些，他好像再也不會去想什麼別的事情了。

經過連續幾天的趕路，小灰狼終於離家愈來愈近。

這天，當他已經能遠遠地看到熟悉的森林，想到即將
到來的榮耀的時刻，心裡別提有多高興了。儘管很累，
小灰狼還是忍不住地小跑起來。

跑著跑著……，咦，前面那是爸爸嗎？爸爸居
然站在森林外面等他？

爸爸一定是太掛念他了。小灰狼的心裡一陣感動。

可是，當他快要來到爸爸面前的時候，小灰狼突然感到有一點不大
對勁兒。

爸爸的表情有點兒怪怪的，好像──有點兒冷冷的？

「爸爸，你看，我找到吉祥樹了！」說著，小灰狼就趕緊把吉祥樹的樹苗拿出來。

沒想到，灰狼先生看也不看，劈頭就問：「是一號苗圃裡的嗎？」

小灰狼一愣，「咦，你怎麼知道？是啊，牌子上是寫『一號苗圃』……」

小灰狼還沒講完，灰狼先生就已經懊惱萬分地嚷著：「哎，我就知道，我就知道！」

「怎麼啦？」小灰狼已經有一種大事不妙的感覺。

「哎，我告訴你，一號苗圃裡的吉祥樹將來只能結溫馨李，可是人

家小狐狸從二號苗圃裡找到的吉祥樹樹苗，將來不但能結溫馨李，還會結甜蜜瓜！」

「什麼？小狐狸也去找吉祥樹了？」

「是啊，而且他的動作比你快，找到的樹苗也比你的好！」

小灰狼迅速在腦海裡回憶一下，心裡也很懊惱。真是的，當時他雖然曾經注意過「一號苗圃」中「一號」那兩個字，也不是沒想過會不會還有「二號苗圃」，可是他怎麼也沒想到不同編號的苗圃會結出種類不一的果實！

小灰狼又想，奇怪，小狐狸那個傢伙對運動根本不行，怎麼會比他快？更何況——

「我不懂那個傢伙的動作怎麼會比我快？」小灰狼納悶道：「我在攀岩的時候根本就沒有看到他，不管是上去還是下來的時候都沒有看到啊！」

「傻瓜！那是因為他不用攀岩，他說他是走上去的！」灰狼先生沒好氣的說。

「走上去的？怎麼可能！」

「是啊，一開始我也不相信，可是他神祕兮兮地說他知道哪裡有階梯，說是有人鑿出來的，雖然還沒有直達峰頂，不過也差不多了，所以他只有在最後沒有階梯的地方爬了一小段。」

小灰狼聽了，嘴巴張得老大，好半天才喃喃道：「怎麼會有這樣的事！」

哎，虧他還上上下下爬得那麼辛苦，原來居然可以走上去！

灰狼先生又說：「我就知道你一定是一看到一號苗圃就以為完成任務了，根本就不會再去找找看有沒有更好的品種──」

說到這裡，灰狼先生賭氣似地把小灰狼手上的樹苗拿過來，然後往草叢裡一扔！

「你現在立刻再回好漢峰，仔細再去找找看，俗話說『有一就有二，有二就有三』，你去找找看，看看有沒有三號苗圃，我希望你能找到更好的吉祥樹樹苗回來！我們是狼，怎麼可以輸給狐狸！」

小灰狼看看爸爸，一句話也沒說，轉過身，頭也不回就走了。

◆　　◆　　◆

再度來到好漢峰的山腳下，這回小灰狼不再急急忙忙地動手攀岩了，他打算在山腳下先繞一圈，尋找小狐狸走過的階梯。

小灰狼繞了一圈，什麼都沒找到。他不死心，努力耐著性子更仔細一點再繞一圈。這回，總算找到了。

果然，在一個不起眼的雜草邊，出現了一級級的階梯。階梯並不整齊，但一看就知道明顯是有人

刻意鑿出來的，絕對不可能是天然的。

到底是誰這麼想登上好漢峰呢？這個傢伙肯定

已經鑿了很久──這麼說，除了那個撿便宜的小狐狸之外，

一定還有別人也很想得到吉祥樹的樹苗？

想到這裡，小狐狸不敢再耽擱，趕快拔腳快跑！

腿力很好的小灰狼幾乎是一口氣就跑到了峰頂。抵達峰頂的第一

眼，小灰狼就看到不遠處有一片苗圃，旁邊也豎著一塊牌子。

這一次，小灰狼對那片苗圃看也不看，直接去看那塊牌子。

牌子上清清楚楚地寫著：「吉祥樹樹苗二號苗圃，溫馨李和甜蜜

瓜。」

小灰狼一看，簡直快氣炸了！

原來如此！原來從這個方向上來碰到的就是「二號苗圃」，難怪小狐狸能那麼輕鬆地就找到比較好的吉祥樹的樹苗；可惡，那個傢伙的運氣實在是太好了！

不過，現在二號苗圃自然已經不能滿足小灰狼。他毫不猶豫地離開二號苗圃，往更遠的地方去尋找。

走了好一會兒，果真又發現一片苗圃，旁邊同樣豎著一塊牌子。

小灰狼趕快湊過去一看──

「吉祥樹樹苗三號苗圃，溫馨李、甜蜜瓜和幸福桃。」

「爸爸的推測果然沒錯，真的有三號苗圃！不過──」小灰狼有點

兒不大放心，心想那還會不會有更棒的四號苗圃呢？

於是，他展現出難得的耐心，在好漢峰的峰頂展開了地毯式的搜索。

這一次，小灰狼把整個峰頂走了個遍，找來找去、數來數去，就是只有三塊苗圃。他還看到一棟小木屋，可是敲了半天也沒人應，從窗戶往裡面偷看也看不到人。

「不管了，我就直接帶一棵吉祥樹的樹苗回去好了，」小灰狼心想：「這不能叫偷，我是想用買的，可是根本找不到賣的人，我能怎麼辦？只好直接拿了，不能怪我。」

小灰狼心安理得地從三號苗圃挖了一棵樹苗之後，就一蹦一跳地回去了。

回到家，小灰狼沒想到爸爸並沒有把樹苗種在前院，而是鬼鬼祟祟地種在花盆裡，而且在聽完他的描述之後，還一再追問：「你確定真的只有三塊苗圃，沒有第四號苗圃？」

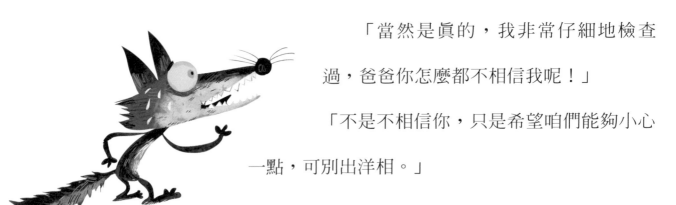

「當然是真的，我非常仔細地檢查過，爸爸你怎麼都不相信我呢！」

「不是不相信你，只是希望咱們能夠小心一點，可別出洋相。」

爸爸這麼一說，讓小灰狼覺得很不舒服。「爸爸，你為什麼要這麼說啊？我好不容易才找到這麼好的吉祥樹，你應該讓我種在前院，高高興興地喊大家來看才對，為什麼只肯讓我偷偷摸摸地種在花盆裡，還一直教我不要告訴別人，而且還老問我同樣的問題？」

　　灰狼先生望著那株種在花盆裡的吉祥樹樹苗，模模糊糊地說：「也許再過幾天，等確定以後，我們再把它種到前院去好了。」

　　「再過幾天？什麼意思啊？」現在是小灰狼要追問了。

　　「因為——隔壁的小狐狸又上好漢峰了，我後來才知道差不多是和你同時去的，他到現在還沒回來。」

小灰狼總算是明白爸爸的意思了。

他生氣的說：「他不可能找到比我更好的吉祥樹，我跟你保證，上面真的只有三塊苗圃，我反覆檢查過一百萬次了！他到現在還沒回來，這就表示這一次我的動作比較快，這一次是我贏了！」

可是，灰狼先生還是很堅持，「孩子，別這麼激動，我們再等等看吧——」

小灰狼聽了，氣得立刻跑到大老遠的山坡上，去狼嚎發洩到大半夜才回來！

然而，小灰狼作夢也想不到，過了幾天，小狐狸回來了，而且竟然還真的帶回了所謂「四號苗圃」裡的吉祥樹！

聽到這個消息，小灰狼立刻像火箭一樣往隔壁衝！

狐狸先生和小狐狸都在前院，父子倆正在有說有笑地一起忙著種樹哪。現在，狐狸家已經有兩棵吉祥樹了。

小灰狼瞪著小狐狸，眼露凶光，劈頭就問：「聽說你這次的樹苗是從四號苗圃帶回來的？」

「是呀，很棒吧！」這是狐狸先生充滿驕傲地替兒子回答。

「吹牛！騙人！」小灰狼氣憤地大嚷道：「那上面的地方又不大，我檢查了又檢查，數了又數，明明只有三塊苗圃，哪來的第四號苗圃？」

小灰狼原本信心滿滿地以為，小狐狸的謊言在被自己拆穿以後，一定會很驚慌，很羞愧，沒想到小狐狸居然不慌不忙地說：「哦，那你一定是在我之前上去的，所以你才沒看到那塊『一號苗圃』後來已經被改成『四號苗圃』了。」

　　「什麼？」小灰狼大吃一驚，過了半晌才結結巴巴地問道：「你是說——本來『一號』、『二號』、『三號』現在變成了『二號』、『三號』和『四號』？」

「沒錯，就是這樣，」小灰狼說：「大概是要不斷改良品種的關係吧。」

　　天哪，小灰狼真的萬萬沒有想到會有

這樣的事！

「那──那──那四號苗圃裡的吉祥樹又多了什麼？」小灰狼真的覺得沮喪透了。

這個問題，又是狐狸先生搶著回答，口氣真是得意地不得了：「除了溫馨李、甜蜜瓜和幸福桃之外，還多了幸運梅呢，很棒吧！你放心，等結果子的時候一定會首先請你們一家來品嘗，芳鄰優先嘛，哈哈！」

小灰狼一聽，突然覺得眼前一黑，就倒了下去。

他真的氣昏了。

◆　　◆　　◆

小灰狼一睜開眼睛，發現自己躺在床上，爸爸媽媽都守在他的身邊。

看到他醒來，灰狼太太趕緊靠過來，心疼地說：「哎，寶貝呀，你總算醒了，真是嚇死我們了。」

灰狼先生也說：「兒子啊，真抱歉，這都是我害的，你媽媽已經把我給罵死了！」

「就是嘛，為了想爭第一，把兒子害成這樣！」說著，灰狼太太還凶巴巴地瞪了丈夫好幾眼。

「唉，是啊，我也很後悔，」灰狼先生對小灰狼說：「我已經把你

這次帶回來的吉祥樹給種起來了——」

「不要！」小灰狼大叫。

灰狼先生和灰狼太太都嚇了一大跳，「怎麼啦？」

小灰狼憤慨地說：「他們家有兩棵，我們只有一棵，而且我們沒有幸運梅！」

灰狼太太趕緊說：「沒有關係啦，你沒事就是我們最大的幸運了！」

灰狼先生也跟進安撫道：「是啊，算了吧，這整個事情實在是太無聊了，也許人家就是看小狐狸長得比較可愛，毛的顏色比較好看，就是願意把最新最好的品種給他，誰知道呢——」

灰狼先生的話還沒有說完，灰狼太太就已經大吼道：「喂！你在胡說八道些什麼啦！我們家的寶貝明明也長得很可愛，我們的毛，顏色也沒什麼不好看啊！」

　　「是是是，對不起，我又說錯話了！」灰狼先生趕緊對小灰狼說：「兒子啊，爸爸剛才是亂說的，你千萬別放在心上！」

　　小灰狼眼淚汪汪地說：「可是我上去兩次，根本就沒看到任何一個人，我不懂為什麼他總是能找到比我好的！」

　　這天，小灰狼悶悶不樂地躺在前院一張舒服的躺椅上曬太陽。

　　不過短短幾天，三棵吉祥樹都已經長高長大了不少，嫩嫩綠綠的葉

片多了好多，似乎預示著日後它們將會長成綠意盎然的大樹，滿好看的。只是，小灰狼看到小狐狸家是兩棵，他們家只有一棵，心裡還是覺得非常不痛快；他忍不住會不斷地猜想，別人一定都會說：「看吧，狐狸就是比狼要厲害！」

想到這裡，小灰狼更鬱悶了。

就在這個時候，小狐狸從小灰狼家門前經過，看到小灰狼，馬上揮著手高興地跟小灰狼打招呼：「嗨，好久不見啦，你好多了吧！」

小灰狼不想答腔，可是小狐狸好像也不需要他回答，就徑自走到小灰狼的身邊，一屁股坐下來。

「你沒事了吧？」小狐狸關心地問。

小灰狼心不甘情不願地悶哼一聲，算是回答。

沉默了一會兒。小狐狸說：「我爸爸又想要我去好漢峰。」

什麼？小灰狼一聽，馬上豎起耳朵，轉過頭去充滿警戒地看著小狐狸。

小狐狸說：「他擔心現在會不會又出現了『五號苗圃』、『六號苗圃』、『七號苗圃』……」

是啊，小灰狼心想，我也是這麼想。

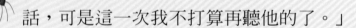

小狐狸又說：「我一直都是盡量順著他，盡量聽他的話，可是這一次我不打算再聽他的了。」

「爲什麼？」小灰狼終於開口了。

「因爲這樣下去就會沒完沒了，這有什麼意思呢？」

怎麼會沒有意思？小灰狼心想，現在大家不是都很羨慕你們家有兩棵吉祥樹，都在等著吃將來會在樹上結出來的溫馨李、甜蜜瓜、幸福桃和幸運梅嗎？你們一定很得意，這怎麼會沒有意思？我看應該有意思得很吧！

小狐狸又說：「狩獵季節快到了，我爸爸媽媽畢竟年紀大了，反應不如以前好，動作也不如以前快，我覺得我當然應該留在家，負責去找食物，不能再讓他們冒險去張羅食物了。」

這倒是。小灰狼有點兒酸酸的想著，誰教你們的皮毛那麼漂亮值錢，那些獵人才會都喜歡總是追著你們跑！

　　看小灰狼幾乎都不吭聲，小狐狸似乎這才突然發覺原來自己不受歡迎，有些尷尬的站起來，「那——我走啦，你多保重。」

　　「等一下！」小灰狼趕緊叫住小狐狸。

　　「嗯，什麼事？」小狐狸停住，完全不計較小灰狼之前對自己的冷淡，態度還是十分友善。

　　「你到底是怎麼找到那個管苗圃的人？」

　　「喔，你是說食蟻獸大伯啊？」

　　「食蟻獸大伯？」

「是啊，就是食蟻獸叔叔的哥哥啊。」

森林裡所有的小朋友都稱呼那個不時會來擺攤賣東西的小販為「食蟻獸叔叔」。

「啊，原來是他的哥哥啊！」小灰狼恍然大悟，怪不得！食蟻獸叔叔會知道有關吉祥樹的事。

「是啊，本來他們說好，等吉祥樹樹苗培育成功的時候，食蟻獸大伯就會把樹苗帶下來，後來他們吵架了，食蟻獸大伯就賭氣不肯下來了，食蟻獸叔叔又怕高，不敢攀岩，只好慢慢開始鑿石梯。」

原來如此！

「奇怪，你是怎麼知道這些的呢？」小灰狼問。

小狐狸笑笑，「用問的呀，我爸爸一叫我去好漢峰找吉祥樹的樹苗，我就趕快先去找食蟻獸叔叔，跟他打聽，他就告訴我，其實他最近一直在鑿石梯，差不多快要完成了，食蟻獸叔叔還叫我幫他偷幾棵吉祥樹的樹苗下來，可是我不想用偷的，所以上去以後我就直接去找食蟻獸大伯——」

「我也找過啊！」小灰狼懊惱地打岔道：「可是為什麼我什麼人都找不到！」

「哦，因為食蟻獸叔叔告訴過我，叫我去有螞蟻洞的地方找，他說他哥哥食量大，每天都要花很多時間在找螞蟻，所以我上去以後，就專去有螞蟻洞的地方找食蟻獸大伯，果然很快就找到了，我還幫他一起

找、一起挖，後來他就把剛剛培育成功
的新品種送給我，兩次都是這樣。」

　　「那他還會不會培育更新的品種？」

　　「這個我就不知道了，也許會吧。」

　　當天晚上，小灰狼躺在床上，一直在想著小狐狸跟他說的話。

　　「奇怪，他幹麼要告訴我這些啊？……還說他不會再去找吉祥樹的樹苗了……好像有點在暗示叫我也不要再去找了，哼，贏的人總是這麼說，其實還不是怕別人又超過他……咦，不對，他會不會是故意跟我這麼說，想讓我徹底放棄，然後沒兩天他又搬了最新的品種回來？對！一定是這樣！好狡猾喔！」

為了不讓小狐狸詭計得逞，小灰狼立刻下定決心，一定要盡快再上一次好漢峰！

不久，小灰狼第三次登上好漢峰。

這一次，他可是有備而來，用一個大大的麻布袋裝了好幾個螞蟻窩，想要送給食蟻獸大伯。

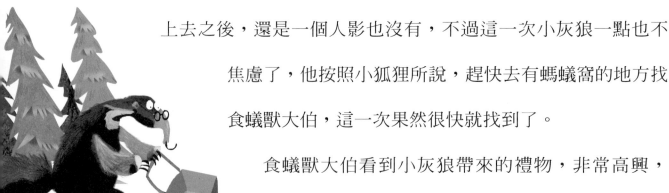

上去之後，還是一個人影也沒有，不過這一次小灰狼一點也不焦慮了，他按照小狐狸所說，趕快去有螞蟻窩的地方找食蟻獸大伯，這一次果然很快就找到了。

食蟻獸大伯看到小灰狼帶來的禮物，非常高興，

在得知小灰狼的來意之後，食蟻獸大伯說：「我確實是又剛剛培育出最新的品種，要送給你是沒問題，可是，孩子啊，天下沒有白吃的午餐，我可不能免費送你，你得為我做一點什麼。」

「啊，小氣鬼！」小灰狼在心裡大罵幾聲，但是表面上當然不敢說什麼，只得乖乖問道：「那我能為你做些什麼呢？」

「簡單，只要能幫我找螞蟻窩就行啦，這個對我來說真的很重要，我是藝術家耶，如果有人能幫我找螞蟻窩，我就可以有更多的時間來研究我的寶貝樹了，我希望它能夠非常完美。」

「伯伯，我覺得您的吉祥樹已經很棒、很完美啦。」

小灰狼會這麼說，一半是眞心，一半是私心；想想看，如果食蟻獸大伯把研究吉祥樹的工作畫下一個句點，那麼他這次帶回去的樹苗就一定是最好的了，小狐狸就算還想來跟他比賽，也絕對不可能找到比他更好的了。

　　但是食蟻獸大伯還是固執地說：「我總覺得應該還可以更好，應該還有老人家更喜歡的果實，我要再想想。」

　　於是，爲了得到吉祥樹的最新品種，小灰狼就留在好漢峰，每天都起早貪黑地幫著食蟻獸大伯到處去找螞蟻窩。這樣過了一段時間，食蟻獸大伯才總算滿意了，總算願意放小灰狼回家了，並且按照承諾送給小灰狼最新的吉祥樹品種，將來開花結果的時候，能夠同時結出溫馨李、

甜蜜瓜、幸福桃、幸運梅、富貴棗和長壽果。

「哇，真棒！比上回的品種一下子又多了兩種果實呢。」小灰狼好高興。

食蟻獸大伯笑咪咪的說：「這其中也有你的功勞呀，否則我不可能這麼有效率的。」

「您還會再研究吉祥樹嗎？」

「大概不會了吧，我想也該開始研究研究別的事情了。」

聽到食蟻獸大伯這麼說，小灰狼更高興！

小灰狼把一棵第五代吉祥樹樹苗小心翼翼地打包好，然後用最快的速度，飛奔回家。

一路上，小灰狼的心裡一直興高采烈地這麼想著：「等大家看到我帶回來這麼棒的樹苗一定都要羨慕死了！而且，我終於把那個討厭的傢伙給比下去了，爸爸媽媽一定會很高興的！」

　　小灰狼一到家門口，就迫不及待地扯開嗓子興奮地大叫：「爸爸，媽媽，我回來了！我帶了好東西回來了！」

　　小灰狼怎麼也沒想到，竟然是小狐狸從屋子裡走出來迎接他。緊接著，是狐狸太太和狐狸先生。

　　他們一家怎麼會在這裡？小灰狼感到很納悶，他們在自己家做什麼呢？

　　不過，他還來不及發問，狐狸先生已經生氣地說：

「你這個孩子，跑到哪裡去了！」

　　狐狸太太則好心地打圓場，「算了算了，回來就好。」

　　小灰狼預感到一定是發生了什麼不好的事情，不知不覺地頭皮發麻，顫抖著問：「發生了什麼事？」

　　「你快進去吧。」小狐狸說，望著小灰狼的眼神裡充滿同情。

　　小狐狸趕緊往屋裡直奔，一邊跑一邊叫：「爸爸，媽媽！」

　　屋內，兩張病床並排躺著，爸爸媽媽分別躺在病床上，他們都受了重傷，奄奄一息。

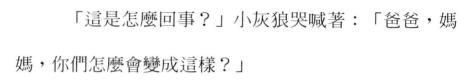

「這是怎麼回事？」小灰狼哭喊著：「爸爸，媽媽，你們怎麼會變成這樣？」

狐狸先生、狐狸太太和小狐狸都爭先恐後地搶著回答。他們講了很多，但是小灰狼由於太過震驚，什麼都沒聽清楚，陸陸續續只聽到「狩獵季節」、「槍傷」、「僥倖撿回一命」、「我們輪流幫忙照顧」等等⋯⋯

小灰狼真有一種欲哭無淚的感覺⋯⋯

　　後來，小灰狼家的吉祥樹果然是整個森林裡最好的吉祥樹。可是，這個局面其實也只維持了很短的時間。因為，第六代吉祥樹樹苗正式上市了。很快的，每個家庭都從食蟻獸小販那裡買到了第六代吉祥樹樹苗，食蟻獸說，將來能同時結出溫馨李、甜蜜瓜、幸福桃、幸運梅、富貴棗、長壽果以及青春豆等七種果實。

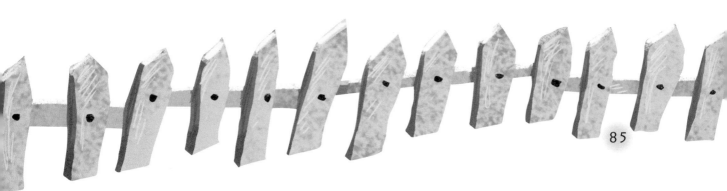

也許你會覺得奇怪，食蟻獸大伯不是說可能不會再繼續研究吉祥樹了嗎？

他並沒有騙小灰狼，他本來是不想再研究吉祥樹了，可是，在他和弟弟（也就是食蟻獸叔叔）和好之後，食蟻獸叔叔一聽說小灰狼已經把第五代吉祥樹樹苗帶下山，就想：「這可不行，我一定要有更新更好的品種才能吸引人。」就一直慫恿哥哥再動動腦筋，開發更新更好的品種。

一開始，食蟻獸大伯說：「我覺得第五代吉祥樹已經非常理想了，溫馨、甜蜜、幸福、幸運、富貴、長壽，所有老人家想要的都有了，我再也想不出別的了，要不然你幫我想想看？」

食蟻獸叔叔才想了一會兒，馬上就有好點子了，「唉呀，這太簡單了，青春嘛，青春，這才是老人家最想要的，沒有青春，光是長壽，那有什麼意思啊！」

食蟻獸大伯一聽，馬上拍手大樂道：「對呀，青春，就是這個！沒有青春的果實，吉祥樹就不夠完美！哈哈，兄弟，還是你的腦袋比較靈光！」

說著，食蟻獸大伯還非常誠懇地說：「以後我們不要再吵架了吧！我們兩個如果能夠通力合作，能做出多少了不起的事啊！」

「可以啊，那你先搬下來再說，老是要靠飛鴿傳書來聯繫真的很不方便，」食蟻獸叔叔說：「你也該替我想想，我實在不喜歡住在那麼高的地方，你搬下來，以後我可以幫你想點子，也可以幫你張羅螞蟻窩。」

「這個嘛，呃，再說，再說吧……」

（他們兄弟倆上回就是為了到底要一起住在峰頂還是山下，才會大吵一架的！）

但是不管怎麼樣，有了食蟻獸叔叔提供的好點子，食蟻獸大伯終於推出了完美的吉祥樹樹苗。接下來，食蟻獸叔叔把吉祥樹樹苗賣給了大夥兒，很快的，整個森林裡家家戶戶都在前院種下了一棵吉祥樹。如果說「吉祥樹」是「孝子樹」，那現在大家都是孝子了。

　　又過了一段時日，一棵棵吉祥樹都順利地開花結果，大家都說，那些特別的果實（李子、棗子、梅子等等），一個個不但名字好聽，又是青春又是甜蜜又是富貴的，模樣和口感也都非常好呢。

國家圖書館出版品預行編目資料

種下一棵吉祥樹／管家琪著；林傳宗圖. --
初版. -- 台北市： 幼獅, 2010.02
　　　面；　公分. --（新High兒童. 童話館；7）

　　　ISBN 978-957-574-756-5（平裝）

859.6　　　　　　　　　　　98023386

・新High兒童・童話館7・

種下一棵吉祥樹

作　　　者＝管家琪
繪　　　圖＝林傳宗
出 版 者＝幼獅文化事業股份有限公司
發 行 人＝李鍾桂
總 經 理＝廖翰聲
總 編 輯＝劉淑華
主　　　編＝林泊瑜
美術編輯＝李祥銘
總 公 司＝10045台北市重慶南路1段66-1號3樓
電　　　話＝(02)2311-2836
傳　　　真＝(02)2311-5368
郵政劃撥＝00033368

門市
●松江展示中心：10422台北市松江路219號
　電話：(02)2502-5858轉734　傳真：(02)2503-6601
●苗栗育達店：36143苗栗縣造橋鄉談文村學府路168號（育達商業科技大學內）
　電話：(037)652-191　傳真：(037)652-251

印　　　刷＝欣佑彩色製版印刷股份有限公司　幼獅樂讀網
定　　　價＝250元　　　　　　　　http://www.youth.com.tw
港　　　幣＝83元　　　　　　　　e-mail:customer@youth.com.tw
初　　　版＝2010.02
書　　　號＝987181
Ｉ Ｓ Ｂ Ｎ＝978-957-574-756-5

幼獅文化公司 ／讀者服務卡／

感謝您購買幼獅公司出版的好書！

為提升服務品質與出版更優質的圖書，敬請撥冗填寫後（免貼郵票）擲寄本公司，或傳真（傳真電話02-23115368），我們將參考您的意見、分享您的觀點，出版更多的好書。並不定期提供您相關書訊、活動、特惠專案等。謝謝！

基本資料

姓名：_____ 先生／小姐

婚姻狀況：□已婚 □未婚　職業：□學生 □公教 □上班族 □家管 □其他

出生：民國_____年_____月_____日

電話：（公）_____（宅）_____（手機）_____

e-mail：_____

聯絡地址：_____

1.您所購買的書名：**種下一棵吉祥樹**

2.您通常以何種方式購書?：□1.書店買書 □2.網路購書 □3.傳真訂購 □4.郵局劃撥
　（可複選）　□5.幼獅門市 □6.團體訂購 □7.其他

3.您是否曾買過幼獅其他出版品：□是，□1.圖書 □2.幼獅文藝 □3.幼獅少年
　　　　　　　　　　　　　　　□否

4.您從何處得知本書訊息：□1.師長介紹 □2.朋友介紹 □3.幼獅少年雜誌
　（可複選）　□4.幼獅文藝雜誌 □5.報章雜誌書評介紹_____報
　　　　　　　□6.DM傳單、海報 □7.書店 □8.廣播(　　　　　)
　　　　　　　□9.電子報、edm □10.其他_____

5.您喜歡本書的原因：□1.作者 □2.書名 □3.內容 □4.封面設計 □5.其他

6.您不喜歡本書的原因：□1.作者 □2.書名 □3.內容 □4.封面設計 □5.其他

7.您希望得知的出版訊息：□1.青少年讀物 □2.兒童讀物 □3.親子叢書
　　　　　　　　　　　□4.教師充電系列 □5.其他

8.您覺得本書的價格：□1.偏高 □2.合理 □3.偏低

9.讀完本書後您覺得：□1.很有收穫 □2.有收穫 □3.收穫不多 □4.沒收穫

10.敬請推薦親友，共同加入我們的閱讀計畫，我們將適時寄送相關書訊，以豐富書香與心靈的空間：
　(1)姓名_____e-mail_____電話_____
　(2)姓名_____e-mail_____電話_____
　(3)姓名_____e-mail_____電話_____

11.您對本書或本公司的建議：

10045　台北市重慶南路一段66-1號3樓

幼獅文化事業股份有限公司

請沿虛線對折寄回

客服專線：02-23112836分機208　傳真：02-23115368

e-mail：customer@youth.com.tw

幼獅樂讀網http：//www.youth.com.tw